KB116585

아흔 이후 II

아흔 이후 Ⅱ

—

초판 1쇄 2024년 1월 10일
지은이 박종대
펴낸이 김영재
펴낸곳 책만드는집

—

주소 서울 마포구 양화로3길 99, 4층 (04022)
전화 3142-1585·6
팩스 336-8908
전자우편 chaekjip@naver.com
출판등록 1994년 1월 13일 제10-927호
ⓒ 박종대, 2024

—

—

ISBN 978-89-7944-860-3 (03810)

아흔
이후
II

박종대 시조집

책만드는집

오랫동안 부려 온 몸에 이상이 없을 수 없지만, 그게 어디 한두 군데라야지. 여기저기 이리 갔다 저리 갔다 만지고 다독이고 두드리고, 그나마의 건강 유지에 그야말로 올 인all in이다.

그런데 그 통에도, 그 와중에도 내심 나도 모르게 꿈틀꿈틀 태동해 온 것들. 그들을 모습으로 드러내 본 것이 늙은이의 푸념이나 넋두리 비슷하게 돼 버렸지만 그래도 그대로 여기 실었다.

그리고 그들 손을 잡아 줄, 이전의 작품 중 몇 편을 앞쪽에 실었다.

『아흔 이후 I』을 선보인 지 1년. 또 다음『아흔 이후 III』은 어찌 될지.

2024년 1월
박종대

| 차례 |

뒤쪽

앞쪽

녹음의 강

봄에 묻혀 나온 욕심
죄다 오게 풍덩 안기게

좀도둑 소도둑도
푸른 기
푹
먹였다가

주황빛
곱게 띠어 오면
우리
같이 가세
겨울로

새 울 밑에 선 봉숭아

두고 온 그리움
네가 챙겨 왔구나

날 알아보겠느냐
오셨더냐 우리 누님

거기가
우리 그 울 밑이다
그래 그 양지바른

여기 와 계셨나이까

바닷가 소나무 한 그루
바다 보고 삽니다

꿈꾸는 유채꽃밭
자갈밭도 데리고

갯바람 이야기 들으며
바다 보고 삽니다

실개울

가늘디가는 친구가
해도 달도 담으면서

내 몸 안의 실핏줄도
자네처럼 그리면서

닮았지
우리 졸졸 졸졸
세상 같이 가는 거다

마중 배웅

같이 먹고 자고 할 땐
이냥저냥 지내다가

보내고 맞을 때는
불현듯 빛이 번쩍

해님도
뜨고 질 때는
불덩이거든 불덩이

뒤쪽

모자상 母子像

내가 공부하고 있는
그 옆
어머니는 바느질

나는 별 생각 없이
어머니도 별 생각 없이?

그때 그
별것 같지 않은 그림이
아주 자주
또렷이

시간이

기다려 주지 않고
늘 앞서가던 그놈

요새는 그 반대
내가 앞서가는데

사실은
걔가
이래라저래라
이러자 저러자 하거든

어렵다 어려워

이른바 시조시인이
새 시조 잡지를 보고는

고개를 설레설레
알 만한 게 얼마 안 돼

어쩌지
내가 늙어도
아주 꽉 늙어 버렸다

걸으며 걸으며

기우뚱 갸우뚱
이러고 어디까지

우리 동네 한 바퀴
뚜벅뚜벅 도는 건데요

때로는
지구 한 바퀴
사시사철도 한 바퀴

내 미래

지금의 이 나에게
미래라는 것이 있을까

그 과거가
열심히 만들어 놓은
그 미래가

지금이
바로 그 미래가 아닌가
그 미래에 와 있다구

까딱해서

잃고
잊어버리고
놓치고
깨뜨리고
헛딛고
휘청
자빠지고
다치고

이런 게
다 무엇인고 하니
내가 받은 훈장이라

하루

단 하루쯤이야
뭐 괜찮다 괜찮아

허허 하루쯤 괜찮다니
오늘 하루가
현생이야

어제는
간 전생이고
내일은
올 후생이고

지팡이

요놈이 없었으면
어쩔 뻔했을꼬

두 발의 친구라
두 발이 세 발로

아이구
넘어지시다니요
이 지팡이 덕분에

걱정

저 높은 건물을 볼 때마다
위태한 생각이 들거든

나는 자네를 볼 때마다
그런 생각이 들거든

실없긴
자네한테 한 소리야
그래 우리 아직 튼튼

민들레

외로워 외롭다고
그러고만 있지 말고

저 담장 밑 구석
한 민들레 좀 보세요

조금도
외로운 기색이 없어요
공기 볕 물 흙이랑

나이 탓 나이 덕

그것도 나이 탓이다
나이의 잘못이란다

해마다 한 살씩 더 먹는
나이 그것이 어떤 것인데

그것도
나이 덕이다
이런 말은 어째서

손을 보면서

좋은 일을 한 거보다
엉뚱한 짓을 한 게 더

그러고도 별일 없이
멀쩡 안녕하시다니

얘들아
두 손 열 손가락
미안하고 고맙고

그 한 순간

지내 놓고 보니 한 순간
잊히지 않는 그 한 순간

두고두고 생각나는
두고두고 떠나지 않는

영원이 있는 것이라면
이게 바로 영원인가

또

왜 이리 울상이신가
슬픔에 푹 빠지셨구먼

지금 우리 이 세상
그 걱정은 아니실 테고

호강에
푹 빠지셨구먼
혼자서 저 혼자서

기억

맨날 그놈의 기억
그만 잊을 때도 됐구면

이리 만지작 저리 만지작
마냥 가지고 노신다구

그놈이 없어 보시지
무슨 힘으로 사실까

천천히 조심조심

손끝이 발끝이
움직였다 하면

부딪치고
깨뜨리고
엎지르고
떨어뜨리고

앞뒤를
잘 보셔야지요
제발
천천히
조심조심

무슨 일이든

왕년의 그 가락
키워 나가셔야지요

그 가락 그냥 그대로
대강대강 대충대충

아이쿠
큰일 납니다
제발 명심요 명심

한다고 하긴 하는데

지금 하고 있다는 게
그게 뭐야 그 시존가

해도 그만 안 해도 그만
그저 그냥 소일거리야

그런데
꼭두새벽에 일어나
그렇게도 열심인가

제정신 제자리

고독 불안 초조 등으로
이리 기웃 저리 기웃

요즘 좀 이상해요
제자리 지켜야지요

제정신이기로선들
바람을 좀 쐬야지요

외로움이여

참 어쩌면
이렇게
고맙게 와 주시는

큰 놈 작은 놈
무거운 놈 가벼운 놈

다 같이 한껍에 와서
우리 어때
잔치 한번

반려 화분 선인장

화원 쓰레기장에서
주워 온 엄지만했던

수십 년 정을 나누면서
키가 나하고 같아졌다

어쩔래
나 가고 나서도
꿋꿋하게 살다 오너라

반려 화분 채송화

내 그 어린 시절
시골 고향 집 그 마당가

있는 둥 없는 둥
밟히고 차이고

찬찬히 마주 보고 있으면
거기
그때
그 소년이

고령 운전

한 달에 두어 번
부모님 성묘 갈 때만

다른 사람 안 태우고
반드시 나 혼자만

고맙다
잘 갔다 왔구나
운전대를 따둑따둑

아빠가 또 잘못을

언젠가 많이들 보던
인기 TV 연속극에서

늙은 아비가 젊은 딸한테
야단맞는 장면이

이런 때
아빠도 딸한테
야단 한번 들어 볼까

휴대폰 하나면

가만히 앉아서
열 일을 다 본다는데

그런 걸 알 리 없는
이 나는 쳐다보기만

그래도
걸어서 왔다갔다
골골 늙은이는 안 될 테니

아무리 그래도

월급만 빼고는
안 오른 것이 없대

그래도 끼니를 거르던
우리 때보다야

아무리
뭐니 뭐니 해도
좋은 땅에 좋은 사람들

창가에 앉으면

저 멀리
도봉산 북한산 관악산

희미한 봉우리마다
내 얼굴이
나를 보고

아무렴
그럼 그렇지
그렇게요 그렇게

차라리

알았지 잘 알았지?
그래 잘 알았어요

진작 물어보지 그랬어
그래 그래 말이야

그런데
알고 나니까
더 복잡해진 것 같아

보람

이렇게 산다고 살면서
그런 걸 느끼느냐구요

글쎄요 느끼게 되지요
가다가 불쑥불쑥

지금도
한다고 하고는 있는
그 누더기 시조에서요

약

나으라고 좋으라고
처방대로 받아 온 약

먹자니 한 주먹이라
은근히 겁이 나기도

자네들
꼭 할 일만 하고
엉뚱한 짓은 안 돼

저게 봄인가

저 움트고 싹 트고
저기 저 꽃봉오리들

참 신기하기도 하지
저런 게 봄이란 것인가

어떻게
되신 게 아닌가
봄을 처음 보는 것처럼

여보세요 대감님

신문이나 TV에서
모르는 게 많아지고요

알고 있는 것들조차
물러나고 있소이다

이러면
어찌 되는 건가요
허허 탈속脫俗은 탈속인데

해설

차원이 다른 밀도 높은 개성적 시조 미학

김석철 시조시인

1. 들어가며

박종대 시인은 1932년 출생하여 서울대학교 사범대학 국어과를 졸업하고 중등학교 교사와 장학관, 교장 등 교직 생활을 거쳐, 도쿄 주駐일본국 대한민국대사관 교육관과 주駐후쿠오카 대한민국총영사관 영사, 후쿠오카 한국종합교육원 초대원장 등의 외교직 생활을 거친 시니어 선비 시조시인이시다. 1995년《시조문학》으로 등단한 이래 이번까지 시조집 열두 권을 출간하며 왕성하게 활동하고 있다. 작년 3월 시조집『아흔 이후 I』을 펴냈으며, 이어서 신년 벽두에『아흔 이후 II』를 상재하게 되니 그야말로 노익장의 그 건필이 부럽기도 하거니와

존경스럽기만 하다. 박 시인은 우리 시조 문단에 다소 늦게 등장하였음에도 줄곧 열정적인 창작 활동으로 실버문학의 일가를 이루시고, 그동안 한국시조문학상을 비롯하여 월하시조문학상 등 시조 부문의 여러 주요 문학상을 수상하였고 몇 년 전에는 아르코 문학나눔에 선정되어 문단의 주목을 받기도 하였다.

박 시인의 시 세계는 여느 시인과는 차원이 다른 새로운 시조의 보법으로, 밀도 높은 개성적 시조 미학을 보이고 있다. 일상적 체험에서 심미적 감각이 두드러지며, 간결한 3장 시조에 오랜 연륜이 녹아 있는 진솔한 삶의 철학이 담겨 있는가 하면, 사색과 깨달음의 경지에서 행간에 많은 의미를 숨겨두는 고도의 상징과 은유의 묘미를 살리고 있는 점이 특이하다.

2. 작품에 나타난 시적 경향과 시조미

(1) 일상적 체험의 심미적 감각

우리 현대시조는 1906년 대구여사의 「혈죽가血竹歌」로부터 시작되어 1920년대 육당 최남선에 의해 주창된 시조부흥론이 촉매작용을 하면서 더욱 새롭게 출발하였다. 특히 민족적 시가 양식으로서 시조가 재정리, 창작되어야 한다는 견해를 가지고 출발한 시조부흥론과, 1930년대의 뜻있는 몇몇 시조인에 의해 형성된 시조혁신론은 당시에 이미 시조의 제재와 어휘 선택은 물론 표현의 기교에 이르기까지 새롭게 출발하기 시작했음을 알 수가 있다. 그 이후에도 우리 시조는 몇 차례의 논쟁을 거치며 장족의 발전을 진행해 왔다. 시조가 오늘날에 이르기까지엔 이러저러한 사정으로 그동안 숱한 부침이 있었던 것도 사실이다. 시조는 그렇게 장구한 세월을 끈질기게 이어온 진정한 겨레시, 우리시이다. 이는 오로지 시조가 지닌 우리 민족 정서와 그 미학의 덕분이라고 생각된다.

봄에 묻혀 나온 욕심
죄다 오게 풍덩 안기게

좀도둑 소도둑도
푸른 기
푹
먹였다가

주황빛
곱게 띠어 오면
우리

같이 가세

겨울로

  -「녹음의 강」전문

  시조의 표기법은 3장의 초장·중장·종장이 각 한 행으로 간
주되어 3행으로 표기하는 장별 배행을 주로 하여왔다. 그러나
현대시조에서는 그러한 표기 방식 이외에도 호흡에 따른 운율
이나 효과적인 의미 전달, 선명한 이미지를 단위로 하여 다양
하게 시도되고 있는 건 주지의 사실이다.

  박 시인은 이 단시조에서 초장은 구별 배행을 취했지만 중장
과 종장에서 좀 색다르게 표현상의 의도에 따라 의미 단위, 운
율에 따른 음보 단위, 시각적 변화를 주기 위한 이미지 단위 등
의 복합적 표기 방식을 취하여 표현 효과의 극대화를 꾀하고
있다. 내용상으론 표현에 있어 특히 은유가 빛나고 있는바, 한
음절을 한 행으로 처리한 중장의 "푹"에서 그 마음이 더욱 강조
되고 있으며, 또한 중장에서 낯설게하기의 수법으로 상상의 여
백을 넓혀주고 있다. 내밀한 상상력과 함께 시상을 포착하고
표현하는 방식이 남다르다는 걸 느끼게 된다.

  신선한 상상과 감각적인 표현으로 대상의 이미지를 제시하
면서 새로운 시적 성취를 이루고 있다. 시인은 비범한 시안詩
眼을 지니고 사물을 시적으로 인식하고 또 새로운 세계를 열어

보인다. 봄에 움이 튼 푸름이 녹음의 강을 이루면서 가을 겨울로 이어지는 이치가 마치 우리의 한 삶에 비유되기도 한다. 순차적 구성의 시상 전개로 짧은 단수에 자연의 순리를 긍정으로 수용하는 자세가 잘 드러나 있다. 유연한 상상력과 시적 은유의 묘미를 맛보게 된다. 언제나 무엇이든 마음을 열고 너그럽게 보면 모든 것이 새롭게 보이기 마련일 터. 열린 마음은 사랑의 마음이며 긍정의 새로운 마음이라고 생각된다. 따라서 긍정적 사고방식은 낙관적 삶을 예약한다. 시조는 이렇게 상상의 산물로 의미의 재창조, 현실의 재창조를 이룬다.

두고 온 그리움
네가 챙겨 왔구나

날 알아보겠느냐
오셨더냐 우리 누님

거기가
우리 그 울 밑이다
그래 그 양지바른
　　－「새 울 밑에 선 봉숭아」 전문

'봉숭아'는 한해살이풀로서 본딧말은 '봉선화'이며 둘 다 표준어로 인정되고 있다. 애초에 꽃의 생김새가 봉황을 닮아 봉선화라고 부르게 되었다고 한다. 지금은 봉숭아 꽃물을 손톱에 곱게 물들이는 여자들이 많지 않지만, 예전에는 여름 한철 여자들에게 사랑받던 꽃이었다. 주로 시골집의 양지바른 울 밑에서 흔히 볼 수 있었던 봉숭아! 여름이 오면 봉숭아, 채송화, 맨드라미 등 꽃씨를 뿌려 장독대 부근에는 맨드라미가 피고 울밑에선 봉숭아가 피었던 유년의 시대를 생각하게 한다. 봉숭아는 주로 그리움이나 추억의 모티브로 많이 등장하고 있는바, 이 작품에서도 화자가 어린 시절 누님과 함께 소꿉장난하며 즐겁게 놀던 그리운 장면이 오버랩되고 있다. 예로부터 추억은 아름답다는 말이 있다. 대상에 대한 감정이입 수법으로 독백처럼 대화처럼 다정한 대화체를 적용하여 공감을 얻고 있는 작품이다.

대상에 대한 깊은 시적 사유를 감지하게 된다. 박 시인은 이미 아흔을 훌쩍 넘긴 실버 시인이시다. 초장에서 "두고 온 그리움/ 네가 챙겨 왔구나"라고 시상을 열고 있다. 봉숭아가 그리움을 챙겨 왔다고 감탄한다. 물같이 빠르게 흐르는 게 삶이 아니던가. 언뜻 인생무상을 떠오르게 한다.

빠르게 흐르는 삶, 태어나고, 자라고, 젊었던 때가 엊그제 같은데 덧없는 세월이요 부질없는 인생을 실감케 한다. 우리의 메마른 정신에 윤기를 불어넣어 주고 있다. 개인적인 체험에서 예술적인 체험으로 재구성하여 내용과 형식의 조화를 잘 이루고 있으며, 특히 중장과 종장의 도치법은 이 작품에서 효과적인 표현의 본보기라고 할 수 있다.

구어체로 그리움을 반영한 이 시조에서 세계적인 시인 워즈워스가 "인위적 비자연적인 형식을 배제하고 일상적인 소재와 일상적 용어로 이루어진 구어체가 인생 체험의 실질적 표현으로 적합하다"라고 한 말이 상기된다. 역시 이 시조에서도 우리 주위에서 흔히 볼 수 있는 소재이며 쉬운 용어의 구어체를 사용하면서 깊은 공감을 얻고 있다.

바닷가 소나무 한 그루
바다 보고 삽니다

꿈꾸는 유채꽃밭
자갈밭도 데리고

갯바람 이야기 들으며
바다 보고 삽니다
　－「여기 와 계셨나이까」 전문

바닷가의 소나무 한 그루를 보고 착상한 작품이다. 시조에서 '착상'이란 어떤 일이나 작품에 대한 새로운 생각이나 구상이 머리에 떠오름을 뜻한다. 우리가 어떤 대상을 가지고 시조를 쓸 때 제일 먼저 착상을 한 후 가장 인상적이고 사실적으로 가능한 체험이나 기억들을 동원해서 시상을 전개하게 된다.

우선 이 작품은 제목 선정에서부터 호기심을 불러올 뿐만 아니라 그 표현이 다분히 낯설다. "바닷가 소나무 한 그루"에 감정을 이입하여 경어체 설의법으로 제목을 붙이고 있다. 작품의 제목은 사람의 이름 같고 사람의 얼굴 이상으로 중요하다. 제목 여하에 따라 작품이 눈길을 끌기도 하고 그러지 못할 수도 있다. 제목 달기에도 여러 기법이 있겠지만 몇 가지 좋은 방법을 살펴보자면, 많은 의미를 함축하는 제목이 좋으며, 의미 전달을 쉽게 해야 하고, 내용을 한마디로 상징할 수 있으면 더욱 좋다는 의견이다. 또 이색적인 제목을 붙여 기억하기 쉽게 하는 게 효과적이며, 독자를 유혹하거나 충격 효과(쇼킹한 제목)를 노릴 수 있는 제목이면 더욱 좋을 것이다.

시인은 고정관념을 탈피하는 언어 연금술사라고 했던가. 시인의 눈은 있는 그대로를 보는 것이 아니라 이렇게 감정을 이입하기도 하고, 거꾸로도 보고, 꿰뚫어도 본다. 직관력에 따라 실상이 허상이 되기도 하고, 허상이 실상이 되기도 한다.

시의 세계는 상상력에 의해 창조되는 공간이기 때문에 하나

의 새로운 세계를 탄생시키기 위해서는 이렇게 언어의 표현이
중요하다. 넓은 바다를 대하고 꿋꿋하게 서 있는 푸른 상록수
소나무! 어쩌면 웅장한 포부를 지닌 청년 무사 같기도 하고, 이
해심 많은 만년 철학자의 모습 같기도 한 소나무이기에 제목
또한 '여기 와 계셨나이까'라고 경칭으로 붙였을 것이라고 유
추해 본다. 자연에서 세상을 바라보고 인생을 발견하며, 새로
운 깨달음으로 참신한 이미지를 창출하고 있는 것이다. 시조는
시어의 압축과 절제가 고도로 요구되는 함축성의 시형이다. 그
렇기에 시조는 이렇게 행간에도 암시성, 내포성을 함유하고 있
을 터이다.

외로워 외롭다고
그러고만 있지 말고

저 담장 밑 구석
한 민들레 좀 보세요

조금도
외로운 기색이 없어요
공기 볕 물 흙이랑
　－「민들레」 전문

'민들레'는 생명력이 강한 식물이다. 양지바른 초원이나 들판, 길가, 공터 등에서 쉽게 볼 수 있는 여러해살이풀이다. 줄기는 없으며 잎은 밑동에서 뭉쳐 나와 옆으로 방사형으로 퍼져 지면을 따라 납작하게 붙어 자라는데 잎몸은 깊게 갈라지고 가장자리에 큰 톱니 모양이 있다. 민들레의 꽃말을 찾아보니 '감사하는 마음'이라고 되어 있다.

박 시인은 담장 밑 구석의 한 민들레를 보면서 정신적인 위안을 얻고 있다. 주위의 "공기 볕 물 흙이랑" 어우러지면서 나름대로 자신을 다스리고 있는 민들레의 모습이 전혀 외로워 보이지 않는다는 것이다. 눈에 보이는 물상들에서 남들이 생각하지도 못한 새로운 의미를 찾아내고 있다. 시인은 비범한 시적 안목을 지니고 사물을 시적으로 인식하고 또 새로운 세계를 열어 보인다. 그렇다! 우리는 혼자이면서 혼자가 아니다. 우리는 사람과의 관계나 주위의 자연이나 물상들과도 끊임없이 상호 관계를 유지하며 살고 있으니 외로울 틈이 있겠는가! 수많은 관계 속에서 서로 어우러지며 공존하는 삶의 미학! 담장 밑 구석의 한 민들레에서 발견하는 삶의 철학이라고 하면 과언이 될까.

화원 쓰레기장에서
주워 온 엄지만했던

수십 년 정을 나누면서

키가 나하고 같아졌다

어쩔래

나 가고 나서도

꿋꿋하게 살다 오너라

   –「반려 화분 선인장」전문

  감정을 이입하여 의인화의 표현 수법으로 친근감을 느끼게 하는 작품 중 한 편이다.

  '반려'는 '생각이나 행동을 함께하는 짝이나 동무'를 뜻한다. 요즘 핵가족이나 독거하는 세대가 많아지다 보니, 개나 고양이 종류 등의 반려동물을 양육하는 세대가 많아졌지만 그에 못지않게 반려식물을 기르며 마음의 위안을 얻고 또 즐거움을 느끼는 가정도 늘어나는 추세이다. 보도에 의하면 반려식물에서도 정신적, 육체적 치유 효과까지 얻는 경우가 꽤 많다고 하니 놀랄 만한 일이다. 반려식물은 주로 예쁜 꽃을 피우는 화초류나 싱싱함을 자랑하는 녹색식물이 대세를 이루고 있는데, 여기서는 그중에서도 '반려 화분 선인장'이다.

  선인장은 북미가 원산지이지만 제주도와 남부 지방의 바닷가에서 저절로 자라기도 하는 여러해살이풀이다. 지구상에서 가장 환경이 척박한 사막에서 보란 듯이 자생하는 종답게 생명력 자체도 매우 끈질겨서, 종류에 따라서는 갈기갈기 찢긴 상태더라도 잘린 조각에 싹이 트는 눈점이 하나라도 남아 있다면 다시 뿌리를 내리고 싹을 틔워서 살아가는 강력한 생명력을 자랑한다고 한다. 특히 가시가 많아서 싫어하는 사람도 있지만, 직접 만지지만 않는다면 딱히 동물처럼 위험한 것도 아닌 데다가, 종에 따라선 귀엽고 소박한 멋이 있어서 선인장을 관상용 반려식물로 집에서 키우는 사람들이 점점 많아지는 추세라고 한다. 보통 선인장은 느리게 자라는 특성상, 종에 따라서는 100~200년의 수명을 가졌으며, 집에서 키우는 미니 선인장도 잘만 관리하면 10~20년은 거뜬히 산다고 하여 장수의 상징으로 더 알려지고 있다고 한다. 선인장을 일명 '백년초'라고 부르기도 하는데 대다수의 선인장류는 꽃이 필 경우에 그 꽃이 아름다운 것들이 많기로도 유명하다고 한다.

초장에선 "화원 쓰레기장에서/ 주워 온 엄지만했던"이라고 했고, 중장에선 "수십 년 정을 나누면서/ 키가 나하고 같아졌다"라고 하여, 쓰레기장에서 주워 온 하찮은 것이지만 수십 년간 정을 나누면서 동고동락하고 있음을 나타내고 있다. '정情'! 정이란 '느끼어 일어나는 마음의 작용'을 뜻하는데, 정말 깊은 '정'이 들면 목숨과도 바꾸는 놀라운 마력이 있는 게 '정'이기도 하다.

종장에 이르러선 마치 대화라도 나누듯 다정하게 "어쩔래/
나 가고 나서도/ 꿋꿋하게 살다 오너라"라고 하여 수십 년 정을
나누면서 함께 지내던 반려식물에 대한 지극한 애정을 드러내
고 있다. 아흔이 넘으신 화자가 돌아가신 후에까지라도 꿋꿋하
게 살다가 오라고 이르고 있으니, 이승에서 못다 한 정분을 저
세상에서 다시 만나 나누자는 당부일 것이다. 반려 화분 선인
장에 대한 그 정이 아름답고 고귀하게도 느껴진다. 화자의 사
물을 대하는 눈길이 부드럽고 사랑스럽다. 사물을 눈으로 보는
게 아니라 마음으로 보는 듯하다.

저 움트고 싹 트고
저기 저 꽃봉오리들

참 신기하기도 하지
저런 게 봄이란 것인가

어떻게
되신 게 아닌가
봄을 처음 보는 것처럼
　-「저게 봄인가」 전문

대상에 대한 새로운 인식이며 경이로운 이미지의 창출이다. 겸손하면서도 따스한 눈길이 맑고 깨끗한 영혼을 가꾸어준다.

이 시조는 시적 진정성과 예리한 감성이 자아올린 단수다. 종장의 영탄과 도치법이 강조와 변화의 표현 수법으로 쓰이면서 봄의 특성을 요약하며 감탄하고 있다. 순환하는 계절의 이치와 자연의 섭리가 정말 신묘하기만 하다는 것이다.

짧은 시조 한 수 속에 세상이 있고 우주가 담겨 있다는 말이 실감된다. 대상에 대한 깊은 시적 사유를 감지하게 한다. 초장의 "저 움트고 싹 트고/ 저기 저 꽃봉오리들"에서는 평이한 내용 전개이다가, 중장에선 "참 신기하기도 하지/ 저런 게 봄이란 것인가"라고 하여 금세 놀라움으로 영탄하고 있다. 어쩌면 해마다 보는 예사로운 풍경을 시인은 놀랍고도 새로운 모습으로 보고 느끼고 있는 것이다. 특히 종장은 "어떻게/ 되신 게 아닌가/ 봄을 처음 보는 것처럼"이라고 하여 자연현상에 공대어를 사용하여 겸손을 나타내며 설의법, 도치법의 표현 기교를 사용하고 있다. 해마다 맞이하는 사계절의 봄이건만 새로 맞은 봄의 신기한 광경에 처음인 듯 놀라고 있다. 그만큼 순박한 시인의 마음이기에 보통 사람들은 짐작하기조차 어려운 지경이라고 생각된다. 결국 해마다 맞이하는 봄일지라도 시인이 인식하는 정도에 따라 색다른 세계로 보이게 된다는 것이 아니겠는가.

3장의 구성이 기-서-결의 탄탄한 조합으로 이루어졌다. 시적인 사고방식이 무위자연의 노자 철학을 떠올리게 한다. 시상이 선명하고 결속력 있는 얼개로 숨긴 듯 드러내는 시인의 언술이 감성을 자극해 주고 있다. 균제미를 갖춘 선명한 이미지의 형상화가 한 폭의 수채화를 보는 듯하다.

(2) 진솔한 삶의 철학

문학은 언어를 통한 마음의 표현이라고 했다. 모든 예술 작품은 개성적으로 창조하는 게 그 생명이라고 할 수 있기에 시조 또한 그에서 벗어날 수는 없다. 시조는 신비와 영감의 샘이며 시의 이상적인 극치라고 할 수 있다. 시조의 매력을 어이 다 말할 수 있으랴. 정형의 미학에 담긴 간결과 함축, 내포와 암시, 시사와 깨우침, 활력과 긴장 등등으로 삶의 긍정적 유토피아를 열어 보이는 시조! 문인과 학자들이 시조를 '운문의 백미'라고 예찬한 바도 있다.

박 시인은 사물이든 자연이든 시적 대상에 긍정심과 애정을 지니면서 다정하게 대화를 나누고 있다. 생물은 물론이고 무생물에도 무시로 감정을 이입해 대화하며 사랑을 베풀고 있다.

　　내가 공부하고 있는

그 옆
어머니는 바느질

나는 별 생각 없이
어머니도 별 생각 없이?

그때 그
별것 같지 않은 그림이
아주 자주
또렷이
     —「모자상母子像」전문

  누구에게나 낳고 길러주신 어머니가 있다. 아들에게는 어머니가 하늘과 같고 바다 같은 존재다. 화자는 어렸을 적에 바느질하시는 어머니 곁에서 공부하던 추억을 떠올리고 있다. 모자 간에 서로 대화가 없어도 속 깊은 정감으로 마음만은 상통하고 있는 모습이 그려지고 있다. 평범한 듯하면서도 어머니에 대한 그리움이 어린 작품으로 긴 여운을 남기고 있다.
  중장에서 "나는 별 생각 없이/ 어머니도 별 생각 없이?"라고 했지만, 그 함유된 의미의 무게는 결코 가볍지 않다는 걸 인지하게 된다. 종장에선 "그때 그/ 별것 같지 않은 그림이/ 아주 자주/ 또렷이"라고 하여 박 시인의 어머니에 대한 그리움이 절정을 이루고 있다. 우리나라의 오랜 역사를 통해 드러나는 어머니의 모습은 부드러우면서도 강하고, 엄하면서도 끝없이 자애롭게 나타나고 있다.

이 시조는 정해진 형식을 잘 지키면서 내적 체험과 상상력으로 의도하는 주제를 잘 드러내고 있다. 군더더기 없이 잘 다듬어진 산뜻한 단시조다. 그야말로 실감 있는 묘사와 재미있는 상상력의 조화가 시조미를 더하고 있다. 시는 언어로 그린 그림이란 말이 실감 난다.

기다려 주지 않고
늘 앞서가던 그놈

요새는 그 반대
내가 앞서가는데

사실은
걔가
이래라저래라
이러자 저러자 하거든
  -「시간이」전문

'시간'의 사전적 의미는 '과거, 현재, 미래로 이어져 머무름이 없이 일정한 빠르기로 무한히 연속되는 흐름'이다. 이 시간은 일정한 빠르기로 흐르고 있지만, 사람들은 흔히 나이에 따라 그 빠르기가 다른 것처럼 인식하는 경향이 있다. 젊은 20대 시절엔 천천히 20킬로, 70대쯤에선 70킬로로 빠르게 시간이 흐른다는 것이다. 이 단수는 그렇듯 흐르는 시간에 대한 덧없음과 함께 진정한 삶의 의미를 되새겨 보게 한다. 젊어서와는 달리 이젠 육신이 빠르게 노화되고 있다는 걸 실감한다는 말이다. 내용에 여러 지시대명사를 적재적소에 알맞게 배치하여 재미있는 표현의 효과를 거두고 있음을 인지할 수 있는데, 초장의 "그놈"의 "그", 중장의 "그 반대"의 "그", 종장의 "걔가"의 "걔", "이래라저래라"의 '이래 저래' 등이 그러한 보기이다.

  자연의 섭리에 순응하면서 긍정심으로 살아가는 아름다운 삶의 자세는 박 시인의 시적 경향이라고 할 것이다. '시간'에 대한 인식에서 시상을 포착하여 창조의 공정을 거친 산물임을 감지하게 한다.

  단 하루쯤이야
  뭐 괜찮다 괜찮아

허허 하루쯤 괜찮다니
오늘 하루가
현생이야

어제는
간 전생이고
내일은
올 후생이고
—「하루」전문

　박 시인은 자연의 순리를 수용하는 자세를 보이면서 뜨거운
시혼으로 인생 황혼을 채색하고 있다. 이 시조집에 함께 실은
다른 작품들에서도 그 역량을 충분히 가늠할 수 있다.
　의미 구조에 긴장 관계를 유지하며 시상의 의미 전달에 효
과를 누리기 위해 자유로운 배행을 취했다고 본다. 여기서 3음
절 이하는 소음보, 4음절은 평음보, 5음절은 대음보라고 할 수
있다. 평이성을 탈피한 새로운 발상의 묘미를 맛보게 된다. 대
상을 대하는 개성적 안목이 있고 제재를 다루는 솜씨도 범상
치 않다. 현대인의 사고와 시적 대상은 매우 복잡 미묘하다. 이
를 심층적으로 담아내기 위해서는 기존의 3행이나 6행에 고정
될 것이 아니라 다양하게 변화를 모색할 필요가 있음을 보여준

다. 작은 틀에 최대한의 사유를 담아내기 위해서는 더욱 그렇다. 마땅히 한 행으로 잡아야 할 이유가 있으며 마땅히 연 가름을 해야 할 이유가 있는 것이다.

아귀가 잘 맞는 작품이다. 음보율과 구수율, 기승전결이 명쾌하다. 완결에 가까운 형식 미감을 느끼게 해준다. 시조의 형식미는 이렇게 내면세계를 담아내는 결 고운 그릇이다.

그것도 나이 탓이다
나이의 잘못이란다

해마다 한 살씩 더 먹는
나이 그것이 어떤 것인데

그것도
나이 덕이다
이런 말은 어째서
　－「나이 탓 나이 덕」전문

요즘 사회는 이기주의가 팽배하고 있다고 흔히 말한다. 그러다 보니 우리 사회의 구조가 남에게 책임을 전가하는 '네 탓' 공방에 익숙해지고 있다. 어떤 문제가 생기면 으레 상대방을 탓

하면서 자신의 책임만을 모면하려는 풍조가 만연하고 있는 것이다. 특히 나이가 지긋한 노년기에 접어들어서 설령 뭐가 잘못되기라도 하면 나이가 많아지다 보니 그렇다고 나이 탓을 하는 사람들이 많다는 것이다. 모두 부정적인 사고방식에서 우러나오는 불평불만들이다. 시인은 이렇게 나이 탓을 하는 잘못된 사회 풍조를 비판하고 있다. 어느 대중가요에서도 우리는 늙어가는 게 아니라 익어가는 거라는 노래 가사도 있듯이 나이가 들어가면 들어갈수록 더욱 인정하고 수용하며 겸손해져야만 하는데 대부분이 그렇지 않다는 것이다. 잘되는 일이건 잘못되는 일이건 다 '나이 탓'이 아니라 '나이 덕'이라고 긍정적으로 생각해야 된다는 지론이다.

노년이 되면 정신적으로도 문제가 되겠지만 건강상 매사를 마음대로 잘해내기가 어려울 수도 있을 것이다. 정신적인 면에서도 그렇겠지만 특히 육체적으로 무릎, 허리도 불편하게 되고 길눈 또한 희미해질 수밖에 없어 어쩔 수 없이 의타심이 생기기도 할 것이다. 그렇다고 세월만을 한탄해도 소용이 없고 젊은 날을 그리워해 봐도 다 부질없는 노릇일 수밖에 없다. 어차피 받아들여야 할 여생! 긍정적 사고방식으로 삶을 순리로 받아들이며 세월과 함께 서로 길동무로 살아가는 게 현명한 일일 터. 그렇다! 나이 덕! '나이 덕'을 깨달아야 한다. 연륜이 묻어나는 이 잠언성의 교훈적 작품에 더 이상 무슨 사족이 필요하

겠는가. 모든 게 다 나이 덕이라고 생각하고 즐거운 마음으로
받아들이는 실버 시인의 긍정심이 귀하고 값지기만 하다.

　　지내 놓고 보니 한 순간
　　잊히지 않는 그 한 순간

　　두고두고 생각나는
　　두고두고 떠나지 않는

　　영원이 있는 것이라면
　　이게 바로 영원인가
　　 -「그 한 순간」 전문

　시조의 단아함은 이렇게 고도의 절제와 압축미를 필요로 하
며 행간에 여백을 두어 내포성, 암시성을 지니고 있다는 점이
다. 문장을 간결하게 하여 행간의 숨은 뜻을 독자가 파악하게
하는 수법을 쓰고 있다. 한 편의 시조는 이렇게 그 형태 안에 언
어, 율격, 비유, 의미 등 여러 요소를 내포하고 있고, 이러한 요
소들이 유기적으로 결합됨으로써 한 편의 시조가 완성되는 것
이다.
　한 순간 한 순간이 얼마나 소중한지를 아는 이 과연 몇이나

될까. 순간, 순간들이 모여 현재를 이루고 현재는 또 과거가 되기도 하고 미래로 흐르는 순리! 순리가 순리를 낳고, 순리가 순간을 낳거니 한 순간 한 순간이 영원으로 빛난다. 이 작품에서도 보여주듯 박 시인은 현란한 기교를 앞세우지 않고 평이한 시어를 사용하여 품品과 격格을 잘 살리고 있으며, 시상이 건강하고 진취적이며, 다분히 희망적인 주제를 심화하고 있다.

　　참 어쩌면
　　이렇게
　　고맙게 와 주시는

　　큰 놈 작은 놈
　　무거운 놈 가벼운 놈

　　다 같이 한껍에 와서
　　우리 어때
　　잔치 한번
　　　–「외로움이여」 전문

　초장에서부터 역설적으로 시상을 열고 있다. 이 작품은 위트가 있고 의인화의 표현 기교가 능수능란하게 느껴진다. 리듬을 살린 언어의 구사와 간결한 표현으로 절제미를 잘 살려내고 있다. 좀 능청을 떨며 우회적으로 표현하는 기법이 남다른 매력이다.

'외로움'을 고맙게 받아들이는 시인의 자세는 오랜 연륜에서 비롯되는 진솔한 삶의 철학이라고 생각되어진다. 감정이입 수법으로 시적 대상의 속성을 파고드는 탐색의 밀도가 높다. 일상적인 소재에 긍정적이면서도 새로운 의미를 부여하는 특성이 나타나 있다.

외로움을 안고 살아가는 화자의 마음을 때 없이 흔들다 가는 그 정체는 무얼까. 시적 비유의 묘미를 살리면서 종장의 결구를 생략법으로 종결함으로써 상상의 폭을 넓혀주고 있다. 본래 인간의 외로움과 갈증은 퍼내어도 퍼내어도 끝이 없고 무량할 수밖에 없다. 대부분의 서정시가 상실 혹은 결핍에서 비롯된다고 할 때 이 작품 역시 외로움과 갈증이 시적으로 변용되었다고 할 것이다.

박 시인은 외로움의 정신적 승화를 주제로 시를 쓰고 있다. 초장의 "참 어쩌면/ 이렇게/ 고맙게 와 주시는"과 종장의 "다 같이 한껍에 와서/ 우리 어때/ 잔치 한번"처럼 외로움이 육체적 삶에서 정신적 삶으로의 승화를 가져온다고 믿는다. 그렇다면 박 시인의 외로움, 그 무게는 과연 얼마쯤이나 될까.

한 달에 두어 번
부모님 성묘 갈 때만

다른 사람 안 태우고
반드시 나 혼자만

고맙다
잘 갔다 왔구나
운전대를 따둑따둑
　－「고령 운전」 전문

　인간은 나이가 들수록 안전 운전에 필요한 능력들이 떨어진
다고 한다. 문제는 스스로 운전할 수 없음을 인지하는 것 자체
가 매우 어렵다는 점이다. 그렇다면 과연 우리는 언제까지 운
전할 수 있을까? 또 언제쯤 운전을 그만둬야 할까? 운전은 여
러 가지 신체 능력을 요구한다고 하는데, 기본적으로 맑은 정
신을 바탕으로 적절한 판단력과 의사 결정 능력이 필수일 것이
다. 또 주의력 및 정신 집중도 필요하며, 빠른 반응 속도가 요구
된다. 이 외에도 다리와 발의 감각, 좋은 시력 및 청력 등 신체
적 능력도 충분해야 한다. 이러한 사항이 한 가지라도 부족하
다면, 운전 능력에 상당한 영향을 줄 수밖에 없다는 것이다.

고령 운전! 몇 년 전부터 지자체별로 운전면허를 자진 반납하는 70세 이상 어르신들에겐 10만 원이 충전된 교통카드를 지원해 주는 제도가 시행되고 있다고 한다. 이 사업은 최근 연이어 발생하는 고령 운전자의 교통사고 예방을 위한 운전면허 자진 반납을 활성화하기 위해 마련됐다고 한다.

　고령 운전이 불가피하다면, 조금은 쉬운 운전을 중심으로 조절해야 된다고 생각해 본다. 예를 들어 고령이라면 장거리 고속도로 이동을 피하고, 야간 운전을 줄이며, 복잡한 교차로를 피하고, 과속이나 앞지르기 등의 위험한 운전 행동을 하지 않는 것이 상책일 것이다. 기본적으로 고령 운전자는 노화로 체력이 고갈되기 때문에, 운전 중에는 자주 휴식해야 하며, 교통이 혼잡한 곳이나 눈부심 문제가 생길 수 있는 야간 또는 해 질 녘 운전을 피하는 게 좋을 것이며, 운전 코스도 평상시 자주 운전했던 도로만을 운전하는 게 유리할 것이다.

　박 시인은 아흔이 넘은 고령 운전자로서 안전 운전 수칙을 잘 준수하고 있음을 알 수 있다. 간략하면서도 쉽게 공감이 되는 단수라고 생각된다. "한 달에 두어 번/ 부모님 성묘 갈 때만// 다른 사람 안 태우고/ 반드시 나 혼자만"에서 인지할 수 있듯이 정말 신중하고도 조심스러운 모범운전자이다. 특히 종장에서는 "고맙다/ 잘 갔다 왔구나/ 운전대를 따둑따둑"이라고 하여 운전자 자신보다는 차량에게 안전 운전의 고마움을 돌리고 있는 겸손한 자세가 더욱 좋아 보인다.

이 시조의 종장에서는 '비약'의 표현 수법이 효과적으로 쓰였음을 알 수 있다. 보통 종장에서는 '비약'과 '생략'의 표현법을 주로 사용하게 되는데, '생략'은 해야 할 말들 중에서 군말이나 덜 중요한 말을 떼버리는 일이지만, '비약'은 차례대로 밟아 나가다가 몇 단계 껑충 뛰어넘거나 일정한 방향으로 나가다가 별안간 다른 방향으로 빠져나가는 방식을 일컫는다. 이 시조를 음미해 보면 내적 조명을 통한 진솔한 시인의 설득력과 만나게 된다. 박 시인은 시조를 통해 일상적이며 하찮은 것을 보다 더 깊고 새로운 의미로 살려내고 있음을 짐작할 수 있다. 사실 우리 주변을 살펴보아도 연치 아흔을 훌쩍 넘기신 운전자는 찾아보기 어렵다. 아무튼 삶의 목표를 향해 진지하게 최선을 다하시는 시인의 모습이 아름답기만 하다.

(3) 사색과 성찰, 깨달음의 경지

박 시인의 시조에서 상당 부분을 차지하는 작품들이 사색과 성찰, 깨달음의 내용을 담고 있다. 시조 창작상의 중요한 요소와 여러 창작 기법을 적용하여 완성된 작품들이 내포하고 있는 메시지는 오랜 연륜에서 묻어나는 교훈적인 잠언이라 해도 무방할 것이다. 좀 더 상세하게 말하자면, 한 편 한 편이 시상의 포착과 그 전개 과정, 구성과 제목 선정, 다양한 표기법, 적정

시어 취택, 이미지의 형상화, 비유와 상징 등을 제대로 갖추면서, 쉽게 읽히며 공감을 주는 강점이 있다. 깨달음을 주는 시조를 읽는 재미가 있고, 감상하는 멋과 맛이 느껴진다.

저 멀리
도봉산 북한산 관악산

희미한 봉우리마다
내 얼굴이
나를 보고

아무렴
그럼 그렇지
그렇게요 그렇게
 ―「창가에 앉으면」 전문

  간결하면서도 단아한 시조다. 상투적인 표현이나 특별한 수사적 기교를 사용하지 않으면서 안정된 어조로 시상을 열고 있다. 차분하고도 조용한 시간, 화자는 창가에 앉아 사색과 깨달음의 경지에 들고 있다. 저 멀리로 보이는 건 높은 산의 희미한 봉우리들이다. 희미한 봉우리들을 바라보며 자신을 발견하고,

또 자신을 되돌아보게 된다. 한동안 자연과 나누는 무언의 대화와, 자신이 자신과 나누는 무언의 대화의 이미지가 형상화되고 있다. 종장을 "아무렴/ 그럼 그렇지/ 그렇게요 그렇게"라고 맺고 있으니, 화자는 무언의 대화에서 긍정적인 깨달음을 얻고 있음이 짐작된다. '이미지'는 우리말로 '심상' 또는 '영상'이라고 번역할 수 있으며, '상상력에 의하여 구체적인 정경을 마음속에 그리는 일' 또는 '이전에 감각에 의하여 얻어졌던 것이 마음속에서 재생된 것'으로 정의할 수 있다. 이미지는 특히 현대시와 시조의 주요 요소가 되고 있다.

같이 먹고 자고 할 땐
이냥저냥 지내다가

보내고 맞을 때는
불현듯 빛이 번쩍

해님도
뜨고 질 때는
불덩이거든 불덩이
　－「마중 배웅」 전문

'마중'은 '찾아오는 사람을 나가서 맞이함'을 뜻하며, '배웅'은 '떠나는 사람을 따라 나가 작별 인사를 하여 보냄'을 뜻한다. 우리는 때마다 누군가와 만남을 '마중'으로 시작하고 헤어짐은 '배웅'으로 마무리하게 된다. 매사엔 시작과 끝이 있고 그 시작과 끝은 그만큼 중요하다. '시작이 반'이라는 말이나 '유종의 미'라는 문구가 빈말이 아니다. 특히 초장의 "이냥저냥", 중장의 "보내고 맞을 때는/ 불현듯 빛이 번쩍", 종장의 "불덩이" 등에서는 낯설게하기 수법이 쓰이면서도 충분히 공감력을 획득하고 있다. 사고방식의 고정관념 탈피라면 과장이 될까. 기존의 생각과 개념의 틀을 뛰어넘고 있는 것이다.

가만히 앉아서
열 일을 다 본다는데

그런 걸 알 리 없는
이 나는 쳐다보기만

그래도
걸어서 왔다갔다
골골 늙은이는 안 될 테니
　–「휴대폰 하나면」 전문

시인의 순수한 눈에 포착된 소재를 참신한 시상으로 전개하고 있으며 다분히 시대 상황을 반영하고 있는 가편佳篇이다. 모두 순수 우리말 시어를 사용하여 더욱 시조의 미감을 살리고 있다. 내용의 현대성과 예술적 언어 미학이 조화를 이루고 있는 경지이다. 어떠한 소재라도 일단 시조 창작의 세계로 불러들이면 이렇게 아름답게 변신하게 됨을 짐작하게 한다. 이미지를 통해 새로운 감각의 주제를 환기하면서 미적 효과를 나타내고 있는 것이다. 함축의 묘미와 말의 가락이 빚어내는 묘미도 돋보이게 하면서 화자가 발전을 거듭하는 미래에 대하여 진취적인 의지를 보여주고 있다.

바야흐로 컴퓨터, 인터넷으로 대표되는 지능정보기술의 제3차 산업혁명에서 한 단계 더 진화하여 이제 인공지능, 사물인터넷, 빅데이터, 모바일 등 첨단 정보통신 기술이 경제, 사회 전반에 융합되어 혁신적인 변화가 나타나는 시대가 도래하고 있다. 새로운 시대를 맞아 화자의 각오가 대단하다. 나날이 빠르게 발전을 거듭하고 있는 이 시대에 뒤떨어지지 않겠다는 것이다. 급속한 발전 속에서 그야말로 내일을 예측할 수 없는 문명에 휩쓸리면서도 변화와 함께해야만 한다는 것이며, 새로움을 찾아 나서는 용기와 함께 새 시대에 대한 두려움이나 낙오자가 되고 싶지 않은 각오와 의지가 확연히 발현되고 있다.

이 작품 역시 단수로서 율격이 올바르고 표현에 가식이 없으며, 희망적, 진취적인 미래상을 꿈꾸면서 온화하고도 차분하게 교훈적인 메시지를 보여주는 강점이 있다. 하찮은 일상적 소재일지라도 이렇게 박 시인만의 목소리로 새롭게 재구성해 내는 개성이 두드러진다. 아울러 삶의 길목에서 느끼는 정감의 폭이 넓어서 좋다.

뿐만 아니라, 박 시인의 여타 작품을 살펴보면서 느끼는 것은 오랜 인생 연륜이 묻어나는 여유를 지니고서 한결같이 긍정적, 관조적인 삶의 철학을 담고 있다는 점이다.

월급만 빼고는
안 오른 것이 없대

그래도 끼니를 거르던
우리 때보다야

아무리
뭐니 뭐니 해도
좋은 땅에 좋은 사람들
    -「아무리 그래도」전문

「아무리 그래도」에서는 발전하는 현대사회의 불평불만을 긍정으로 수용하고 있음을 알 수 있다. 각 장마다 시대를 살아온 삶의 무게가 얹혀 있다. 화자의 경륜과 통찰의 내밀한 심성도 깃들어 있다. 은근과 끈기로 갖은 고난을 이겨내며 살아온 우리 배달민족의 특성을 닮기라도 한 듯, 숱한 애환이 안으로 서린 상징성이 짙은 작품이라 하겠다. 잘 선정된 제목과 의미적으로 배치한 시형, 내면의 사상감정을 운율과 이미지로 결합해서 함축적이고도 안정감 있게 긍정적으로 표현하고 있는 것이다. 전체적으로 스스로의 감정을 잘 통솔하여 정서적 질서화를 기하고 있는 점과, 간결한 행간마다에 내포된 그 의미가 많은 생각을 하게 한다.

초·중·종장이 각각 독자적인 의미 체계를 지니면서도 실은 주제를 향한 연계 고리를 형성하여 응집력을 보이고 있다. 언뜻 쉽게 읽히면서도 시조의 특성이기도 한 함축과 생략의 표현수법이 행간에 깊은 사유의 공간을 마련해 주고 있다.

맨날 그놈의 기억
그만 잊을 때도 됐구먼

이리 만지작 저리 만지작
마냥 가지고 노신다구

그놈이 없어 보시지

무슨 힘으로 사실까

　－「기억」 전문

　시조의 세계는 이렇게 상상력에 의해 창조되는 공간이기 때문에 하나의 새로운 세계를 탄생시키기 위해서는 말을 어떻게 표현하느냐가 중요하다. 이 시조는 '기억'의 중요성을 강조하고 있다. 사람이라면 기억 없이는 살아갈 수 없을 것이다.

　작품 안에 자기의 목소리가 있고 자기 스타일이 있다. 독특한 개성이 있다는 말이다. 시조의 보법을 잘 갖추어 운율과 호흡이 안정되고 있으며 평범한 일상에서 새로운 시선이 감지되는 참신성을 지니고 있다.

나으라고 좋으라고

처방대로 받아 온 약

먹자니 한 주먹이라

은근히 겁이 나기도

자네들

꼭 할 일만 하고

엉뚱한 짓은 안 돼

 -「약」전문

　우리가 살아오면서 몸이 아프거나 건강이 안 좋을 땐 주로 의사의 처방을 받아 약을 복용하여 회복하곤 한다. 하지만 약으로도 별 효과를 못 보고 고생만 했던 경우도 있을 것이다. 평생 약을 한 번도 안 먹어본 사람이 있을지는 모르겠지만 대부분의 사람들은 보통 때에도 약이라면 신주 모시듯 잘 관리하며 복용하는 경향이 있다.

　이 작품에서는 화자가 불편한 곳도 많고 아픈 곳도 많아 복용하는 약이 너무 많다 보니 은근히 겁이 나고 부작용이 염려스럽다는 것이다.

　'약'은 사전적, 과학적 언어이기도 하지만, 여기에선 비의나 초월적 기능의 문학적, 시적 메타언어로 쓰였다고 본다. '약'의 중의성을 생각해 보게 된다.

　종장에선 "자네들/ 꼭 할 일만 하고/ 엉뚱한 짓은 안 돼"의 인화 표현 수법으로 부작용을 일으켜서는 안 된다는 명령이다. 가정이나 사회, 국가의 조직 생활에서도 '약'의 구실을 하는 사람이 있는가 하면, 자기 책임을 벗어나 엉뚱하게 부작용을 일으키고 탈선을 저지르는 사람이 있으니 이 작품에서 화자는 이에 경고성 메시지를 보내주고 있다고 할 것이다.

시조의 종장은 작품 전체의 결론에 해당한다고나 할까, 초·중장과는 전혀 다른 특성을 지닌 대단히 중요한 부분이다. 초·중장을 이어받아 일시에 전환을 꾀하여 특유의 율격으로 마무리하는 완결의 미가 돋보이고 있다. 거듭 말하거니와 이렇게 종장에서의 긴장과 풀림의 특수한 미학적 장치가 결국 시조로서의 성패를 좌우한다고 해도 과언이 아닐 것이다.

　　신문이나 TV에서
　　모르는 게 많아지고요

　　알고 있는 것들조차
　　물러나고 있소이다

　　이러면
　　어찌 되는 건가요
　　허허 탈속脫俗은 탈속인데
　　　－「여보세요 대감님」 전문

박 시인의 대부분의 작품에서는 자연현상의 이치에 순응하는 긍정적 삶의 자세를 읽을 수 있으며, 자신에게 육화되어 있는 시적 어조가 한결같음을 인지할 수 있다. 그중에서도 비교적 빈도수가 많이 나타나는 내용으론 사랑과 그리움의 정서, 그리고 사색과 성찰, 깨달음의 메시지를 보내주는 작품들이 눈길을 끌고 있다. 남루한 일상을 초월한 높이에서 펼쳐 보이는 시 세계를 소요하는 즐거움이 있다.

시와 시조는 철학과 통하는 경지라고 했던가. 시와 시조는 시인에게 있어 영혼이고 혼불이다. 사유의 깊이가 느껴지는 이 단수에서 행간을 좀 더 유심히 더듬어보게 된다. 주지하는 바와 같이 현대는 급속도로 발전하는 문명의 시대로 흐르고 있다. 이 시조의 제목은 '여보세요 대감님'이다. 대감님께 아뢰는 내용임을 암시하는데 여기서의 대감님은 이 세상을 주관하는 신적인 존재가 될 것이다. 초장에서 "신문이나 TV에서/ 모르는 게 많아지고요"라고 했고, 중장에서는 "알고 있는 것들조차/ 물러나고 있소이다"라고 아뢰고 있으며, 종장에서는 "허허 탈속脫俗은 탈속인데"라고 자문자답의 여운을 남긴다. 화자는 새 시대 새 문명에 보조를 맞추고자 하지만 요즘 자고 일어나면 새로운 정보와 뉴스로 세상이 급변하고 있음을 실감하고 있으면서, 자조 섞인 비판이랄까 현대성을 반영한 위트가 있는 시조다.

3. 마무리

박 시인의 이번 시조집 『아흔 이후 Ⅱ』에서는 시조의 본류인 단시조만을 묶었다. 작품 속에는 일상적 체험에 심미적 감각이 깃들어 있는가 하면 진솔한 삶의 철학이 담겨 있고, 사색과 성찰의 깨달음이 담겨 있다. 간결하고도 단아한 작품마다 주제 의식의 심화로 깊은 감동을 주고 있음은 물론, 쉽게 읽히면서도 생각이 깊은 내용을 지닌 작품들이어서, 여느 시조시인과는 차원이 다른 밀도 높은 개성적 시조 미학을 보여주고 있는 것이다.

시조는 이렇게 우리 민족의 사상과 감정을 우리의 언어와 운율로 표현하는 유일한 우리시이며 국민시가다. 예로부터 작자의 작품 속에는 작자의 진면목이 들어 있다고 했다. 박 시인은 그 경륜과 인품이 이 시대의 진정한 선비 시인이시다. 이제 실버문학의 일가를 이루시고 시조의 위상 제고를 위한 창작 활동에 열정을 쏟고 계신다. 작품마다 다사로운 시선이 닿아 있고 사랑스러운 정이 담겨 있다. 어제도 오늘도 삶을 진솔하게 응시하면서 주위의 존재들에게도 다양한 관심과 애정 어린 시선으로 감성의 꽃을 피우고 있는 것이다. 이는 오래 쌓아온 삶의 경륜에서 우러나오는 인생철학의 소산이라고 할 것이다.